U0929082

倾听缪斯的絮语·中国当代唯美诗歌精选
韩少君　高长梅　主编

脊背上的花

苏笑嫣　著

九州出版社
JIUZHOUPRESS
全国百佳图书出版单位

图书在版编目（CIP）数据

脊背上的花/ 苏笑嫣著. -- 北京：九州出版社，2014.3
（2021.7 重印）
（倾听缪斯的絮语：中国当代唯美诗歌精选 / 韩少君，
高长梅主编）
ISBN 978-7-5108-2776-1

Ⅰ.①脊… Ⅱ.①苏… Ⅲ.①诗集 – 中国 – 当代
Ⅳ.①I227

中国版本图书馆CIP数据核字（2014）第041892号

脊背上的花

作　　者	苏笑嫣 著
出版发行	九州出版社
地　　址	北京市西城区阜外大街甲35 号（100037）
发行电话	（010）68992190/2/3/5/6
网　　址	www.jiuzhoupress.com
电子信箱	jiuzhou@jiuzhoupress.com
印　　刷	北京一鑫印务有限责任公司
开　　本	720 毫米 × 1000 毫米 16 开
印　　张	10
字　　数	115 千字
版　　次	2014 年 4 月第 1 版
印　　次	2021 年 7 月第 5 次印刷
书　　号	ISBN 978-7-5108-2776-1
定　　价	32.00 元

前言

诗歌之美源于自由：心灵的自由，精神的自由。

作为和时代同步的诗人，他们有着敏感的内心，用灵动、柔软、圆润、晶莹的内心亲近生命，感受光明，传递善良。诗歌写作，毫无疑问就是诗人内心的独白。写生命的开始和消亡，写河流，写大地，写一草一木，写细小的生命所散发的温暖。

诗人实际上是用作品还原事物的本真和他们内心的脆弱。

诗人大解似乎要通过诗歌表达忏悔和矛盾，确认人生在世，乃至宇宙中所处的位置。他精神向上，姿态低垂。他热爱拥有的东西，感恩生命、亲人，近距离触摸大自然。他一直叩问，不断追求灵魂的自我解脱之道，他是真诚的，也是谦卑的，他在用自身的体验对世界进行深度的观察和理解。

他的诗，在阅读上没有难度，不设障碍，但也从不缺少智性的留白，他像个耐心的工匠，从自己的角度向世界提出问题，每个人得到的启示不一定相同，答案却自留在了世界运转的法则中。

在当下的女性诗歌写作群落里，诗人李南有着自己独特的声音。这声音仿佛暗夜里的光，有温暖而悲凉的双重听觉，更有直入心灵的力量，这力量来源于她目光的向下和心灵的向上。

李南的诗歌充满温情的力量。从世俗熔炉提炼出来的优雅，感伤背景中掩饰的痛楚，形成了她个人特色的冷峻诗风，在描述现实生活的同时又不局限于现实，相对完整地把人生经验和艺术体验呈现于她的创作之中。

卢卫平对词语具有的尖锐而深刻的呈现能力，他从不回避眼前的现实生活，并从中提取真质而凝重的精神意向。他在诗中开辟了自己对观念的呈现和提升的特殊途径，赋予普通事物以诗意化的时代符号。卢卫平的诗作，对观念的确立和诗意阐释，体现出了他所具有的特殊力量的创造性思维和深入精神本质的超常潜能。

经历了多年的沉寂之后，韩文戈带来了一批沉郁的充满中年情怀的诗篇。一种更为谨慎的态度成全了他作品的厚度。

当生活经验与生命体验融合为一，韩文戈的诗穿越时间和空间，超越疼痛与隐忍，展示了一个成熟诗人对世事的感悟，其稳健的诗风也使得他的作品具有了经典意义。

琳子的诗直面现实，本真、质朴，有着鲜明的女性特征和觉醒意识。她善于通过简单的物象来体现人世的大爱大美，尤其是在表达母性和女性意识上，充满理性客观的思考。她还是那种善于在生死这个永恒的主题上发现美、抒写美的诗人。

起于浮华，超乎事态，韩少君的诗歌更具先锋性，他说他从事的是一项在场的叙述性工作，他的诗歌有广阔而深沉的背景，语言简洁，收放自如。韩少君善于从日常经验、个体的生命意识出发，寻找日常生活中的诗意和反动，在经验的世界之上感受另一种生命的真实。现实赋予了他诗歌的力量，也让他在这种力量中感受到自身的强大。他的很多诗篇充盈着批判的人文精神，在这种批判和看似无序之中，我们看到的是一个更纯粹、更可信赖的诗人。

王久辛一向保持着自尊与自强的诗人倨傲的人生态度，他或“以诗进入历史，出入战争”，“写得大气磅礴，狂放不羁，洋溢着浓烈的民族感情和人间正气”（诗人获首届“鲁迅文学奖”时高洪波语）；或借事言怀，借史明义，借景抒情，“表达诗人壮烈的人道情怀和悲悯意识”。王久辛更是一位在艺术探索上颇为精进的诗人，试图追求一种在艺术上经得起时代检验的诗歌语言，“追求语言的最大内蕴与张力，建构诗歌独特的审美空间，追寻意象的魅惑力”（文学博士谭旭东语）。

此外，张庆岭诗的成稳，高非子诗的清隽，90后代表苏笑嫣诗的青春活泼都各具特色，都值得读者的关注。

我们的工作是将这些作品呈现出来，希望给人以启迪，从而引发深深的思考。

目录

第一辑 被安静撞响

第二辑 沉默是一种细微的声音

第三辑 呵月光的痒痒

目录

第四辑 离开或是不曾离开

第五辑 暖色调

第一辑

被安静撞响

两只竹筐

两只陈旧的竹筐　像两个老人
并肩坐在门口的木凳上　一声不响
打量着属于自己的苞米地、黄土和
一闪而过的鸟叫
打量着它们偏爱的　午后微风的缓慢
和褐色的岁月弥散在空气中那缄默

两只陈旧的竹筐　一年年
装载过很多东西　黄元帅、小酸梨
还有四粒红
现在它们　空空荡荡　竹条支棱
身上剩下的只是　缠绕的麻绳
浑身无力的麻绳　一脸疲惫的麻绳

过去的日子里　它们如此深爱秋天

现下秋天在时光的阴影里　日子就老了

温暖和荒凉　都是一瞬间的事

那些年年岁岁的记忆定格

画面都还挂在树上　像从前它们总是

要收获一样　它们收获了一辈子的收成

如今

一阵风啊　一阵风就把它们摇落了

一树的果实

两只竹筐不知道　它们如何能够装载

它们第一次　面对收获如此平静

而不知所措

被安静撞响

大地上长满枯黄的阳光

自下而上　它们缓慢地变软

越来越透薄　越来越安静

甚至比入了秋的

枯草　还要细软

时光既像变长　又像是变短

世界显得　大而空旷

枯草的身躯　轻微地颤抖

所有静谧的言语　都听从指尖的安排

而窗外　手中旅行箱突然跌落的

我　那一身红裙点燃了一片枯黄

你起身的那一刹

看见满满的黄色的叶溢出

在敞开的旅行箱　蓬松而厚重

于是你听见

窗子被安静的黄　突然撞响

白色，黎明之门

穿梭林间　我们是浑身潮湿腥野气息的鱼
以光滑鲜嫩的身体打开　通往黎明的
黄昏之门

十月之风伸出冷锐的手指　劈穿
蒹葭的温脉　苇草的孤寒　和
地平线上疏落排列　那根根杨树的
静默的坚定
落日之吻　我们是被捕捉的影子
发丝和叶片迎风　池塘边飞舞的水墨

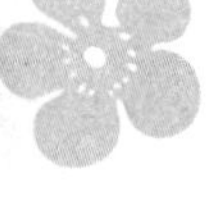

请驻足　请沉默　听乌鸦咳叫在
秋日光轮的枝头　那硕大浑圆白色耀眼的
夕阳　可是通往自由之门？
我僵硬的心一阵阵战栗　碎壳脱落

那倾吐的话语　那倾泻秘密般低语的血液

像大片大片的落叶倒流　一瞬重回枝头
麻雀飞起　隐于树林的密语　而
成千的乌鸦笔直坠入池塘　子弹一样
夕阳迸裂的火星落入眼底　炙枯的忧愁

我们追赶着挖空　不断降临的黑暗
黑暗从四面八方打开的包袱
我要闯入黎明　闯入黎明白色的太阳
直到太阳　镜子一般融合并碎裂

尖锐冰冷的指针　请不要宣告
乌鸦在水底　沉闷地啼叫着　黑色

端午

老人早起　插艾草　包米粽

一壶米酒　一院阳光

青团白,白包红,箬叶混着艾草香

摆一只椅　阳光缓慢从脚趾溯上额头

眼前空气烤化　瘫软得如同被泪水

模糊了的面容　却盈溢支撑着一个个

上午　和下午

一个节气　一颗枣的红　掩盖了多么辽阔的

白

剩下的回忆的悠长　与厮守

空气愈发甜糯

粽子就熟了

柴火就燃尽了

缓慢走进屋内的黑暗

摆上碗筷　倒一盅酒　盘起腿来

窗外黄色的小花随风起伏

摇晃着　因了雄黄酒而醉了

醉一场醒来　盘腿而坐的人

已一身柳絮如霜

我和我笑着站在阳光里

提得酒来做墨水　将这星空

都画作漩涡

——摇摇欲坠着

因为对自己的不适　我被允许

走出微醉的步态

星河和我一样的脚下不稳

没有人会注意这酒醉　在夜色中

我是透明的　就如我的身体和面孔

多年来我一直试图把它们磨平

现在　我和我的

眼睛嘴巴耳朵　都一样的温良

现在　我是平的

我可以轻易进入任何场所

我可以分享所有的秘密

我看见的都是笑容和气　虽然

每张笑脸相差无几

和我的脸也相差无几

全世界都是艳阳高照

全世界的人都整理好自己

准备　随时被拍照

可我找不到自己　来爱一个人

或者惹场小麻烦

我看着几个小混混流浪街头

忽然　希望问问其中的女孩

是不是叫我的名字

但我不会问

我笑着站在阳光里

我被我自己绕到背后

我笑着站在阳光里

我自己冷笑着站在笑着的我背后

在背后笑着鄙视那个竟然在阳光里

笑着的人

一岸的花在水边安静地白

所有的颜料都加了白　我敢说
这不是雾的效果
淡青色的天空与山峦　白茫茫的水面
粉着的　或是素白着的花朵儿
一簇簇地　伸着小脑袋
它们就这样兴致勃勃地开着
不分　清晨或是傍晚

席地而坐　在水边　在花草之中
我说安静　说爱
用衣褶藏起天明的第一缕霞光
用瞳孔敛起夜幕的第一片暗绸
等待锈住时间
背影　已变成一墙斑驳的青苔

一岸的花在水边安静地白

任时间将水面吹得褶皱　我也

绝口不提苍凉

直到你的一声呼唤　吹开所有的褶皱

褶皱中藏匿的颜料　鲜艳的颜料

流淌填入　心中的每一道缝隙

我转身的瞬间　看到

秋风乍起　秋叶飘落

而你看到　一个纤细的女子

蒲公英一样　从草木深处走出

太阳花盛开的地方

你把鼻尖凑向窗子　一言不发

玻璃上留下一点小小的水印

你并不在意　鼻尖上细微的凉

就像　你并不在意那些总会到来的

等待在生活中的痛

心无旁骛地　你专注于路途与风景

虽然表情　多少会有些茫然

这些哐啷哐啷的颠簸　像是你戒不掉的瘾

许许多多的列车　你的温度曾经停留

拖着自己在路上　你知道　灵魂

其实还在更远的地方

我是见过你　见过许多多的你

见过你用双手框起阳光　歪着头的样子

见过你张开双臂在雨水中　释然的样子

见过你吹起廉价的肥皂泡　欣喜的样子

见过你在黄昏的空房间里　翩然起舞的样子

当然我也见过你　身着防风大衣

在阴冷潮湿的街道　抵抗逼仄的样子

其实那许许多多的你　都是一个样子

以前倾的姿势　冲向太阳　不留余力

一个被阳光镀上金边的小人儿　你是

熠熠发光

你说你要走到遍地太阳花绽放的地方

我就想说　那该有多辽旷

影子

突然醒来　带领裸露的街道和
伴随着枯叶而跃动的荒凉足迹　秋风四起
对话犹如曾经沸腾的水　渐渐冷却
被月光取之一空　颜色是白日寂寞的比喻
而黑夜忠于真实
人群　你与我　只是一个瞬息

树木微微张合叶片的唇　在瑟缩的微风中
欲言又止　枝头挂满细小而潮湿的故事
冰凉凉　一触即碎
只有那最轻最轻的手指的抚摸　下弦月
浇灌给它们清透与绮丽　而你
目睹自己　被一个故事挤进另一个故事

你不被允许停下脚步　你用影子衔接住

接踵而来的　一个又一个路口
当眼睛与所有的器官一起　进入梦乡
它仍在奔忙不休
寂静空旷的夜间马路　疾驰的风声　是
影子液体一样匆匆流过

因为无梦　多年来你无处藏身
拐过最后一个弯　你收割着自己的影子
你的两个影子逐渐会合着夹角　就要
——成为一体　然而你已走入黑暗
你不被允许停下的脚步

你不知道　还有多少影子
此时被黑暗一并吞没

如果，你放慢脚步

很想就这样走下去　在时间的缓慢流淌中

如安谧的阳光　划过我们相扣的手掌　轻柔

我一路踉踉跄跄　需要你

放慢脚步　一次次　才能跟得上

磨满水泡的双脚　腐烂的气息

我不能允许你察觉到

掌心的温暖　在我的脸上于是你看到了

绽放

此刻我们并肩而行　隔着二十厘米的距离

二十厘米中　是所有我们共同经历过的日子

我将它们分成一厘米一厘米的片段

不　那还不足以

要细致到一毫米一毫米

细细掰开　慢慢回忆

我的心波澜不止　永不熄灭的

是你的名字

世界陡然变得很小很小　一切都已熄灭

风缓了下来　尘埃静止

还亮着的　是注视着你的

我的两只眸子　心中跳动的火

一支他乡的情歌　在这里　在我的心里

悄悄响起

可是亲爱的　能否放慢脚步

我怕我的指尖　也终是脱离了

你的温度

只能隔着你不曾回头的距离　在黑暗中

慢慢拼接你的影子

我的向日葵未经修剪

那些向日葵不十分贵　八元一枝
小小而瘦弱的身躯　经过修剪
插在花瓶里
透明的或是不透明的花瓶里
它们不是我的向日葵

火种　最炽热的追求
唇瓣吻上的第一记　是温暖
那是阳光
那仰望不会在今日停息　明日也不会
要把泥土　抓得紧紧

麦浪　小王子的头发　火红的狐狸
而将你驯养的　是双赭石色的眼
你看见了自己　在其中燃烧

灼灼　旺盛　和摧毁

可是他爱　你是他的第三只眼

让他看到阿尔的燃烧　色彩

燃烧　不计后果如你一般

你不会在雨中死去　黑夜也奈何不了你

初吻的温度　使你在每一次日出中

将骨头拔节　伸展

就是你所有的热情　就是你的爱情

怎能修剪

沉重　灼伤　也许　但

我的向日葵　未经修剪

从仰望的那一刻　一直以来

头发疏落落地　灌满阳光

紫罗兰悄无声息　细小　呷着水

如我未风干的黑发

静谧　贪婪

雪后的篱墙　一支支白色的河流

阳光和鱼一同跃进　温暖

似一个失忆的人　这巨大的空旷与安静

不要问起　昨夜烟花撑裂的黑穹

一次又一次的裂响

不要提及　那挟刀而来的风

它的哭　它的唤

以及　唤醒之后　奇怪的离遁

做阳光的伙伴吧　一起扯个谎

一起说　幸福

让我像植物一样地生长

住在　自己细小的腰上　小心翼翼

呵护瓣朵的幼胞

她说呵　梦想　闪闪发亮

即使在每一个昨夜　也会成为

明媚的月亮

是舞者的心脏　是黑夜的太阳

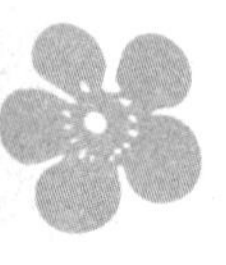

都是带着浅笑的

因着雨　那些植物更为静默
冲刷下的尘世浮躁被深深砸入土地
凛冽清晰的呼吸透彻　唤回
清朗与宁静　明确与直接

黄坠入绿　点彩一般的
是暗藏的伤　是生长的痛　是幸福
我并非有意偷听　仅仅路过这里
路过一个雨和一场秋天
路过坠落的黄色的叶　打湿的红色的花
还有那些昂头倔强的草　散发着绿
却盖不住秋的气息　依旧盖不住
这场巨大的私语

那是低低的声音　甚至比你

触碰到我指尖的凉　那细碎声响
更低的声音　陈稳　落寞　不急不缓
有着厚度　就像你打开的大衣　和
给的依靠

这雨　这清泪　这阵阵瑟缩的褐色的风
是凉
而递来的深红叶片　从你手中
却是暖
那手握手　那肩靠肩的依偎　温馨
告诉我　原来这凉也是可以浅笑的
整个秋　都是带着浅笑的

指尖相触的一刹

每当阳光烘暖身体　我都能听见你
舒畅又怯怯的　小小的叹息　偶尔
短小的喷嚏声　打出昨夜的几只
蓝幽幽的星星　我在自己的身体内感到你
又祛除了几颗凉意

定是有着雏鸟一样的　你的姿态
每每风低低拂过　空气里总是煽动着
振翅的声音
更柔软　更谦逊　羞涩的笑一样的
缓缓晃动着的手臂
蓄存整日柔软黄色阳光的　温暖的手臂
也是　冷峻寒夜中叫作信念的盔甲
顽强的手臂

在颤抖着的　你的身体你的牙齿　夜的冷

那些冰碴一样　深蓝色的风与

獠牙一般的黑色　是囤积的　夜与夜的

星星般幽蓝

碎片的　寂寞的梦

而你是那样柔弱微小　瑟瑟着

又总是与阳光一同展开身子　淡黄气味

三叶草　我隔壁的植物

我自己也是植物　依赖你——

永是春在般的微笑

我　一条蔓延的藤　我是与你一般的绿

我是摸索而来的　热泪盈盈的手指

请将你水彩样氤氲的指尖交予我

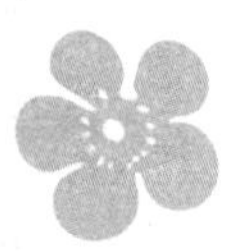

就顺着这潮湿的风向　我要衔接一场

阳光的梦　暖黄色的梦

使月亮那枚冰冷的铜镜中　再也没有

你模糊瑟缩的面容

子夜将简洁地破晓　指尖相触的一刹

将　降下一厘米的守护

一公里的　黄金灿灿　甜美微笑与暖阳

火红的太阳在胸口滚烫

我听见风在赶着更多的风　赶路的风
要穿越黑暗的风　在摩托车的后座上　我
环抱住你　带着自由气息的　欢笑的风

疾驰的风　与夜摩擦出　一簇簇火星
那绽放的姿态　如同你温柔的语
吐露在唇齿之间的莲花　有着月光的皎洁

绸缎一样的夜空　我们魔法般地变幻着
绣织　那些颜色鲜艳的瓣朵
一瓣是欢愉　一瓣是憧憬　一瓣是
对未来无知　却无畏的力量
青春肆无忌惮　燃烧
热爱与决绝　此刻　是如此相近的词汇

我宁愿自秩序的鸟群中迸裂　花火

那斑斑点点　我水晶一样璀璨的心　如

夏季雨水一般洒落　就是这迸裂的一霎

这灼灼燃烧的　绽放的一霎啊

熟睡的人　黑暗中如果你感到　阵雨

轰然坠落在背后　请在梦里蜕壳

噼噼啪啪的　爆裂声响　我们的心跳

迸裂的玫瑰光色　与诺言

火红的太阳在胸口滚烫　就是这样的

你说　翻滚　然后释放

第二辑

沉默是一种细微的声音

被城市浸湿的雨水

被城市浸湿的雨水　湿漉漉地溢满了
十字路口　霓虹都是湿的　光晕要滴落下来
高楼大厦散发着霉味　你看
路灯还是亮澄澄的地面反射　哪一个都是
整个城市都是　泪眼的

行色匆匆　镇定的只有人们的创造
钢筋水泥　又或华灯初上
湿漉漉的城市　他们是一闪而过的影子
被时间和生活压得干瘪　无论从
正面还是侧面
雨水　会使他们成为软塌塌的纸张

像夜一样　如此一般的每个夜一样
被褶皱的黑色包装纸紧紧裹住

我靠在色彩艳丽的广告牌下　清楚地

听到他们的脚步　当当当

敲起孤独和迷失　散落在一整片的潮湿

是每个人早已熟悉的味道

我听见寂静无声

一段时间以来　我所做的

只有躲避　宿舍人多就去咖啡厅

今天她们都出去　我就留守宿舍

拉开窗帘　阳光是新的　刺眼

转回身来　一切就又旧了下去

和这段日子已是血肉相连　我的心

不再翻腾　学会了平静

从醒来到现在　这中间的几小时

我牢牢坐在这里　一动不动

直到这椅子木质的花纹嵌入皮肤

我就和它　成为一体

我并非无所事事　打扰我的

总是些莫名其妙的事物

它们构成我的生活　却充实不了

我的心　于是它们似乎与我无关

那些铺天盖地的宣传单　喧闹沸腾

人声人语　我站在它们中间

犹如站在落雪之间

昏黄路灯之下　雪花纷落

我听见寂静无声

想起你，沉默

一切陡然安静　思念伸出巨大的手指

芦苇笼出的狭长阴影

让我想起你的叹息　就像梦游者走出梦境

在月光下　沉默不语

阳光很亮很亮　亮得我再也看不到

泪的手指　只是坐在　你曾经坐过的地方

一遍一遍地　贪婪吞噬、劫持和离去

那些画面和言语　像女人照着镜子

一次又一次

在水面下　在光影中　被悄无声息地

掷碎

秋日船头　风还带着

夏季灼烧的气味　是不肯舍弃的

我想起一次次沉默的对话　想起

手中脱落的书籍　想起破败的阁楼和风言风语

想起烟花亮起的那一刻　我们的呐喊

想起你的名字

想起你说　被记住　或是被忘记

都是别人的事情　如此而已

初秋的午后

初秋的午后阳光很好　适合
煮一壶咖啡　摆一盘点心　安静地
放置好自己　什么都不去做
甚至　话也不说　事也不想

像重组一只老旧磨损的机器　把
那些锈蚀斑驳的零件拆卸　维护
从它们加速运转开始到现在　已有些年头
越来越快的日子　童年的摩天轮
不知何时就变成了发狂的风车

现在　这午后是属于我的
阳光是我的　安静是我的　恬淡是我的
这生活的慢与细腻　也是我的
把闹钟和照片一起挂在晾衣绳上吧

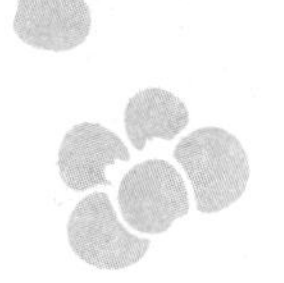

湿漉漉的时间和记忆　都需要晒晒太阳

如果想起些什么

令人无声感伤　却没有任何悔改

就赋予它们　阳光一样的心情吧

成为暖烘烘的故事

于是你看　打开门口的邮箱

你就看到　一束鲜花绽放

骨架子在黑暗中

黑暗从一个屋顶迈过另一个屋顶

一只橘子形状的蜡烛　在窗台上

深入无人之境

几根叮当作响　生着绿苔

锈骨　零落的架子

询问火光　有关洁白与坚硬

然而

然而所有疑问　变为陈述句

梳妆台前的女人擦去浓艳妆容

摘领带的男人突然

将自己的脖子　勒得一寸寸地紧

一些影子　弯着腰的　直起了身子

不过大部分已经成了罗锅

骨架子走在巷子里　被突然穿透身体

的乌鸦　撞得脊梁生疼

因为氧化　骨架子慢慢变黑

因为接连亮起的霓虹　城市越来越亮

骨架子大叫三声　震得

锈骨零落

骨架子组装不出自己

骨架子拼命把骨头扔回自己

骨架子被自己的骨头击中

骨架子觉得

它有多少块骨头　就有

多少个脑子在同时轰鸣

骨架子的所有脑子　在

用不同的声音进行自我辩论

一只猫在它无法说出的梦里哭了

一只猫　在它无法说出的梦里

哭了　在夜的角落里

它抽搐着　它嘤嘤地发出　微弱的声音

这些　也许它自己并不知道

它是做了怎样的梦　曾经

枯瘦的母亲　冻死街头

年幼与兄弟姐妹互相走散

还是　饥寒交迫中遭人的唾骂

只是　在这白雪皑皑中

路边淡黄的灯光　是否也是一种

温暖　还是另一种严寒

总之　它是哭了

哭得那样委屈　那样伤心

梦里的它是否正独自走在
飘零的白雪中　沿着路边
踩过偶尔汽车驶过的声音
缓缓地　缓缓地前行
也许在想着什么　也许没有

在梦中　含泪的它是否又见到了
慈爱的妈妈
妈妈　呵　妈妈

醒来　也许它不记得梦到了什么
但在梦里　它哭了　这是事实
一只猫　在它无法说出的梦里
哭了

以沉默的方式

也许　说出来便会失真

也许　无法用语言去表达所有

也许　无法面对你阳光的表情

最后　我选择了沉默

时间像古旧的柴门一般　吱吱哑哑地

响个不停

油纸伞　锁栓上带有锈迹的小木匣

我分辨不出哪个更为古老　但也没关系

它们现在一样的安静

阳光并没有偏向谁　岁月也没有

剥落的墙皮下

喇叭花开得正盛　垂着腰打着瞌睡

周身是慵懒的味道

太阳慈爱地看着微笑

时间以平缓的姿势慢慢流淌

一个小哈欠

将月亮打上树梢

收到一封信　没有收信人的名字

可风儿说它该属于我

于是　我找到一个更大的信封

把这封信寄走

同样　没有收信人的名字

收拾好行囊　背在肩上

夕阳的余晖里　你拖着思念般长长的影子

走来　我们注视着

你背过包　走在我身旁

以沉默的方式

她的沉默

也许你看不见我　在这个时刻
没有楼与楼相挨　没有车与车的追逐
有着的　数百年来未曾改变的山
如此静默　在我到来之前或是之后

我　一只被困的小兽
爱着那穿行的风忽明忽暗　从
点着暗黄路灯的街的这头　一纵
滑向了另一头的黑暗　这一纵要尽量地快
自由　欣喜的血液在十分钟的夜幕里
被分针　悄悄抽干

你包裹着我　我在你的胸口上聆听
我小小的幸福　蜷缩在
某一路灯的两米远处　在浅歌的星子下
显露出稀薄的阴影　伴着

往返于五楼的教室　和这马路牙儿的
小小的高度间　跑动的节奏
爱你的节奏

我嗅到夜风　嗅到记忆与期待保持着
安静的幸福　你路过我　脚步于是轻柔缓慢
将我放在臂弯　说着那座沉默的山上
瓣朵迸裂的点点声响　在耳边
轻轻　又轻轻

夜的黑暗的深度　成长的声音　被
引入体内　你　我　还有那些花蕾
是奔走的行人　是穿行的风　蜷缩着
被笼罩在暗狭的角落中
还有那灰蒙蒙的黄色灯光　将会
一直　坚守到天亮

电池与发动机

上午九点四十二分　我坐在这里

一片空白

没有拉开的窗帘　没有打开的电视

没有启动加热的微波炉　就连喜鹊

也配合着　没有鸣叫

就像这一天未曾开始　所有的齿轮都

停止前进　而我安静坦然

又将闲置过一天的课　逃离单调的练习

逃离拥挤窄小的宿舍　和无谓的谈话

面对一片宁静　透过窗帘的阳光

假装心安理得　假装这世界本就如此静谧

没有纷争和厮杀

有些人是金属发动机　加足马力　所向披靡

而我　一只即将充满的南孚电池

不小心就　沾上了水　时而工作　时而停歇

不忘提醒自己是一块有电的电池

听着别人　说自己是一只发动机

有雨水的清晨

有雨水的清晨　恬淡　忧伤　安宁

有些心寒凉低沉　有些心长成葱葱郁郁

无限绵长的那些　丝丝短线

挂满了天空的低檐　城市在这一刻　化身

成为丛林

细线　细线牵着我蓝色的帆布鞋子

迈过榆钱儿　迈过老槐树　迈过胡同里

加工黑白铁的斑驳招牌　那些低矮房屋的

灰色瓦片　钟楼老银一般的飞檐　低低地

垂下泪来

只淡淡的一层雾　水面　复合了历史的寂静

挂着雨水的柳枝　怨女　在叹息的腰肢中

越来越细

木头茶桌　大水缸　一双筷子　以及

之前或是之后的多少个日日夜夜　都如同

午夜里　你的枕头的潮湿　无法晾干地

暗自发霉

歌声被雨水打了下去　太阳也模糊得满脸泪痕

一脸欢快的是　伸长了脖子的几点粉　在墙角

颜色新鲜得发怯　打开肥大的双臂　饱含汁水

她们欢愉　知道此刻的自己是美的

在这样的时刻　她们听不见生锈的声音　在

窗子下面

沉默是一种细微的声音

像是受了遥远的呼唤　我迷离地到达

只比想象早了一些

在嫩肉中抽出的指甲般

新生　隐痛　以及清冽的痛带来的喜悦

以此来感知自己的存在　这些樱花

冬日再也无法继续拙劣的遮掩

枯草只是一张浸湿的纸　真相不动声色地浮现

不再是痕迹

淡粉色的手指掠过银白色　陌生的清晨已经失语

色彩　银铃般有节奏地间歇响起

瓣朵展开翅膀一样滑翔或蔓延

喧嚣被隔断　空气凝滞　灰褐在晨曦光线浮现前

似一块亚麻布被漂染

枝条　波浪　在风的空隙中奔跑

在乱发中跌跌撞撞

脚步延伸出一个季节的蛰伏

俯身间　枝干寻到失落已久的发带

此时我如此安静而踏实

沉默是一种细微的声音　我静下来凝视

这些新绿　软朵　以及风中褶皱的天蓝

黄昏像沙土一般流动　漫溢

我在这个厚实的声音中沦陷并湮没

早至的黑暗拽着星子聪明地刹住脚步

俯身大地　倾听是最本质的细语

也许它们一样什么都没说　但我听得好高兴

像梨花一样

东西向的街　蛇形的风冲撞而过

便是已然四月的北方小城　在某个阳光明媚里

白花花的　就落了一场雪

那些紧紧拥在一起的小胳膊　在金黄的聚光灯下

唱出顽强的声音

就是那还在沉睡着的　握着拳的　蜷着身的

芽儿　酿制了一个冬日的美梦　在这一刻

被那抹绿色的轻风　从枝头上打翻

从它们的暖被里　散落下来

宽宽大大飘坠下的　那些白色　那些梦

都是未被沾染的　最纯净的晶莹

这铺天盖地的阳光　这铺天盖地的雪

是一株葵花仰望姿态下　温润的触感

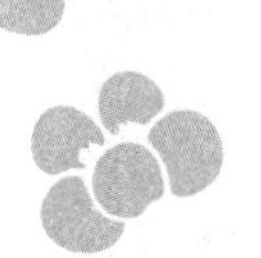

和凝视的倔强　绿色　白色和金黄　沾染着的
是一只蝶翅掠过的斑斓　是坚冰一样的黑土上
滋生出的红花的骄傲

舞姿啊　终于跳动在了四月的指尖上
四百米的操场　草坪散发出的熟悉味道
是一篇篇翻开的诗集的页角
是一个个归路上黄昏的暖阳
是家门前胡同里叫卖的冰糖葫芦的吆喝
是爸爸端上的饭菜　是妈妈缝起的裙角
是你在静谧的清晨　同阳光一起射入的轻声的问候
是它们的奔走　相撞　以对歌的形式在白色里
唤出清新的希望

就是在这个时刻　我与你如此相近

我站在阳光与雪共同的呼吸里　清晰地听见

你的声音　听见你向我伸出的手　划过

空气的声音　听见那只手带来的暖流

融化掉周边所有坚硬的寒冷　听见你说

会带着我　像血液一样奔向远方

此时我全身透明　被冲撞的呼吸稀薄

捂在胸口的阳光和雪　使我笑得

像梨花一样

交替

在四方的院落中　风被勾勒出棱角
付诸规整　它的咆哮愈发近乎呜咽　直至
没了声响　在夜冥魅地睁眼的一刹

痛苦俯下身子
四月初春的花朵被拈下　埋葬
风掠卷过叶瓣　又吐出残骸　步履
是无力的疲软　拖曳出颤抖的雨粒

那条干涸的河道舔了舔嘴唇　又沉沉睡去
欢乐的歌声干瘪在底部　奄奄一息
一个阴影　就这样延展开来　蔓进打着地道的
陷入恐慌的梦里　它即将死去

可是没有什么比这更让我惧怕的　是

你的叹息　即便阳光将潮湿的诗意全部点燃
即便金色跳跃着像露珠的闪烁　即便
银铃唤出了果实累累　即便
我的衣领绣满了　黎明的歌声　可我手指冰凉
触碰不到你的温度

升起的　的确是暖阳
它烘烤着大地　烘烤那山　烘烤着我的心
它开始焦灼

雪水化了　汩汩流着　顺着我的心路的崎岖
冰冰凉凉的

第二辑

呵月光的痒痒

宇宙亮了，心也亮了

也许只是那个机遇

一头小鹿不顾长辈的劝告

渴望拥有健壮的身躯

嘲讽　冷淡　不屑　寒贬

也许只是那个黄昏

它毅然奔到那个崖边

渴望飞跃　渴望轻盈

太阳刚刚轻松地

吐出一口气

蹒跚似的迈出最后一步

不经意地回眸一瞥

但那一刻

它的每一个细胞又重新绷紧

它似乎要再次跳上来

一头小鹿竟要挑战家族所

畏惧的难关

鹿群的壮勇胆略

也许只是那时的交错

树叶奏起了交响乐

太阳无奈地滑下了山

小鹿跨过两崖中间时

如梦幻般留下一个奔腾的身影

向天空射去

又化作一条银光

绘成一个发光的圆盘

叶子亮了　河水亮了　天地都亮了

第一次　在迎接黑墨般的夜晚时

宇宙似乎都亮了

在动物们欢庆光明时

鹿群在“圆盘”上发现了小鹿的身影

那一刻　它们的眼睛似乎亮了起来

同时　心，也亮了

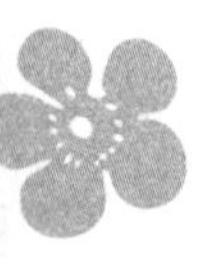

我的小船在绿色的梦中
摇荡　空气中是
似曾相识的味道
春风捎来的不仅是
荷叶　淡淡的香

阳光被切割成六边形
小鱼轻巧地当作王冠戴上
怯怯地探出小脑袋的
是石板缝中的芽儿在
东张西望

我用染满墨的笔
在夜的黑布下　钩出一只只
倒挂的银色蜡烛

是它们勇敢地照亮了桂树旁

紫色的小道

月光踮着脚潜进小小的

稻草房　悄悄地趴在我的肩上

此时　我正裹着埋藏阳光的毛毯

和那只迷失了绿信封的猫

秘密地相商

我们　要呵月光的痒痒！

红色围巾

夜晚　女巫划过寂寞的窗
叼着信封的猫在诡异地叫
月亮偷偷地注意着下方
一个红衣服小女孩走在深巷

她潜进幽幽的紫丁香
花瓣包住她旋向另一个方向
叼着包裹的鹳鸟
扑棱了一下腿　加速地逃

幽香飘过提灯笼的天使
钻过长犄角的小妖
花瓣打开在精灵开的服饰店旁
红衣服小女孩走进火人巴格的
蓝竹林地藏巷

带出了那里的宝藏

它有巴格赋予的火热的力量

和蓝竹林赐给的神秘之水

顺滑的面庞

紫丁香呢喃道

她要把这围巾送给妈妈

让妈妈温暖而骄傲

花期

目的是要归于真实

却想要依靠矫饰来完成

掩盖不住的心绪很明显

你一眼便可看穿

它们在我的心里骚动不安　总有那么一些

我捂不紧　就像指缝之间

总会漏过那么多　乳白的云朵

也许我应该尝试耽搁　如同

迟开的桃花耽搁了它的红色

平静过后确保收获　满树繁华无异

只是失了感觉　因了

花期错过

甲虫

在王府井大街

我发现了一个　稀有的生物

——甲虫

它趴在路边的　人行道上

阳光一闪

壳发生了反光

就像一颗宝石

一只大脚径直走过　甲虫

来不及躲闪

那一瞬间

“宝石”的光芒　骤然暗淡

我张大了嘴巴　听到了一声

脆响

…………

我继续走路　只是

一直看着脚下

生怕　在无意间

伤害了一个

坚强而又弱小的

生命

身上的壳儿

我是乌龟还是蜗牛？

每天上学下学　背着那个重重的壳儿

从那条路上慢慢蹭过

妈妈说　它是我的家

爸爸说　它是我的保护

奶奶说　它是我的依赖

姥姥说　它是我的财富

我明白我不能没有它

我明白我不能卸掉它

因为它和我的肉体相连

肩膀好痛哦　我说

爸爸说　坚持住

它好重哦　我说

妈妈说　忍耐住

…………

我是乌龟还是蜗牛！

每天上下学　背着我人生的希望和美好

从那条路上慢慢蹭过

雪花只开在北方

雪花只开在北方

它们是冬天的落英

一只天使的折翼

飘洒下希望的羽毛

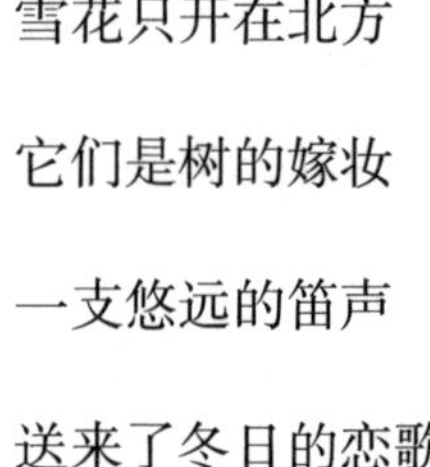

雪花只开在北方

它们是树的嫁妆

一支悠远的笛声

送来了冬日的恋歌

雪花只开在北方

它们是昙花的妹妹

闪现出一粒细小的晶莹

在指间隐隐地消逝

偎在窗边

许下一个白色的愿望

用指尖雪花的灵魂

勾勒在窗上的霜

握住一杯阳光

里面飘出淡淡的香

候鸟们不会懂

雪花只开在北方

要下雨了

园子里的小微风

把淡淡橙色的天空　吹出了

小皱纹　正慌乱地道着歉

郁金香脱掉了她华丽的长袍

偷偷地从地下钻了出来

孩子扎了两根小羊角辫

一跳一跳地到我面前说要搭梯子

摘星星

我看了看昏暗的云儿说

风儿把天空惹生气了　你没看见

天空阿姨正在嘟着嘴么

是啊　天空在冒着泡泡

因为我知道要下雨了

咏舌

人们咏花　咏笔　咏橡皮

我却觉得那已俗套

我偏不随风随浪

我要咏你

——舌头

似乎从来没人注意到你

似乎从来没人会想到你

我要成为作家

我要成为画家

——

我会让你在

作家的笔下

画家的杰作中

——

千古流芳

你——

为人品尝酸甜苦辣

让人们增添食欲

懂得食物的乐趣

强壮身体

更重要的是

我要赞美你

那能屈能伸的精神

月光下的网

月光下　我手拿着
以霜凝结成的羽毛笔
绘着　玫红　湖蓝　粉绿
赭石上,花一样的文字
然后　看它们结成一张
洋溢着欢笑的网

召唤青鸟的无色音符
是我嵌入其中的心律
这幸福的鸟儿
会将网子轻轻罩在
罩在弥漫紫罗兰的花谷里
我寂寞的灯笼草开始苏醒

禁锢的肉体　放飞的灵魂

透明的水

在灯光的照射下　就像

一双双鬼魅的大眼睛

在里面来回晃动

形状如同小眼睛的鱼儿

在大眼睛中穿梭

游着,掉头　再游,再掉头

她被禁锢住了啊

只有一条小小的鱼

蜷缩在小小的假山后

一动不动

也许　对于她来说

禁锢住的是肉体

放飞出的是灵魂

苹果树

只是一棵普通得不能再普通的
苹果树
在属于她们金黄色的季节里
在微风的抚慰下
她晃了晃自己的身躯
树上的果实
在母亲的晃动下
显得摇摇欲坠
她曾是主人最看重的一颗种子

邻居的那棵梨树
似乎认为这一晃是苹果树在招摇
在冷嘲热讽后
却忍不住向她讨教密招

“如果你的身上有了太多的期望

你便会努力做得最好

但沉的却已不再是果实了”

苹果树在久思后回答

那声音却虚无得如同来自

遥远的天外

秋风

秋风总是

调皮地赶在秋之前

把夏那还噘着嘴的余热

通通赶跑　然后

肆意游荡

她让自己的长发舞动树枝

又偷偷跑下来　呵我的痒痒

当我大笑时　她却

倏地跑掉　抚摩着小猫

猫儿睁大眼睛　抖着毛踱步飞逃

秋风有些失落　秋却已在

这时赶到　召唤着秋风看那地平线上的夕阳

小猫　在那橘红前

微笑

每一个生命都是独特的

每一个生命都是独特的

我在生物书上学到这点

每一个生命都是独特的

我的眼窗看到了这一点

鸟儿在天上飞——

鱼儿在水中游——

人在陆地上行走

…………

每一片小小的树叶

都有它独特的一点

无论是它的纹路

还是它的形状

人类也是独特的

上帝赐给了每一个人不同的模样

不同的声音　不同的思想

你　更是独特的

没人会和你一样

去找吧　你的模样？

你的声音？　你的性格？

重要的是你的思想

有没有人和你一样？

你是独特的

只要你有自己的大脑

你是独特的

何必去和别人比较

天空

一块调色板　是

我的天空

我仰起头　举起画笔涂抹着

他人所读不懂的颜色

暗蓝色方格

硬实的直线　尖锐的棱角

一脸茫然无知的我

头顶上　一只乌鸦飞过

脚底下　鹅群蹒跚　路过我

软色鹅黄

我大声说话　我高声放歌

我旁若无人地甩动袖子

我肆无忌惮地“啦啦啦”

一只小猫趴在脚边

睁开眼看看我　又闭上

一块调色板　是

我的天空

你莫名地看着　路过

我继续涂抹着颜色

簋街的灯火

没有清冷的簋街

没有鬼魅的簋街

一排排灯笼在街道的两旁

人行道的上方

喧闹的饭店和车辆的身旁

一切飞逝而过

灯笼在这喧闹中却是孤独的

它们不停地变幻着形态

大柿子　小柿子　甚至成了圣女果

可又谁真正地关注了它们

在这个世界上

人们是忙碌的

一切　匆匆而过

灯笼的心里不再是烛火

明亮的灯泡已占据它的内心

这个世界啊

也怪不得它们

只是我知道

篁街的灯火仍旧兀自地亮着

第四辑

离开或是不曾离开

在旅馆

夕阳一寸寸地退去　树的影子也是

窗口里的天空　正在暗下来

月亮升起的时候　我拉上窗帘

没有人知道我在这里

我丢掉了手机　丢掉了文件夹

丢掉了备忘录　丢掉了许许多多的东西

只是为了

不丢掉我自己

如果愿意　来一杯红酒吧

看一看这旅行箱

里面只有

一瓶酒和一双鞋

腹中的根须

光线　云层　灰尘　即将光秃的树

灰净素色的人世　朝阳奋力刺透出橘红

人心素静

而风　转过颈　转过发梢与指尖

转过清晨每一处细小的皮肤　将这未醒的安谧

暗了又暗

紧紧咬住嘴唇　她要将梦留在体内

将前世　轻轻安置

一只被寒冷逼仄了的鸟　她像

终于在腹中灼起微小的火种　温暖

而疼痛

她知道这火焰燃不了许久　她将木炭加了又加

渴望　微薄的暖意

——即使她知道　无用

那在她腹中生根深入的　火焰的根须　只剩

纠缠了血肉　无法移植　绝口不提

十一月　立冬　风起了　叶子败了

覆了满地　覆了明亮的眼和温暖的心

覆了一个世界的色彩

而她不再说冷　她紧紧咬住嘴唇

温暖和寒冷都是前世的

她守着一堆纠缠了血肉的根须　在腹中

听那些私语

在腹中　她喃喃自语

一池绿潭　前世与今生

睡莲　多么美的名字
在阳光的安抚下　她们每一片都是那么
安静温良　是古时翠衫红袖的女子
有着轻盈的步履　轻轻涤荡的水纹
凌波微步　真正只有她们做得到

是湖水千年的梦啊
一池绿潭　湖底沉淀的前尘旧事
一支支莲一瓣瓣地打开自己
玲珑心　绝口不提沧桑　只说欢颜
说一日日和煦明媚的阳光

千年的桥上人来人往
纷沓而至　辗转而走
我有足够的耐心在此停留

坐成一只藕　清空一身俗世的污秽

沉入湖底　任千年的记忆将我淹没

如果你是下一个疲惫的过客　并愿意稍作停留

那么就晒晒太阳

就听我跟你说说　渗出石缝的绿色

说前世与今生

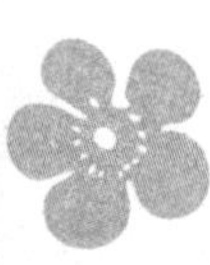

还是一样姿势的开放

就是那一间红砖青瓦　规矩周正

又平易亲近的老屋　近乎灰头土脸地

不声不响　在钟鼓楼的背后

安静　沉默

左邻胡同游三轮车夫　面庞风化皲裂的粗糙

右邻吹糖人的小贩　方柜上黏溢着糖稀

槐花一嘟噜一嘟噜地白

一股子一股子地香

石榴花咧开嘴　就是一喇叭红得响亮

还有那蝉鸣——

早早伏在花苞里　待花一开放

就是迫不及待的欢闹

这一条条细窄的街巷

是古槐、茶社、榆钱儿、顽童纷闹

几张大蒲扇　召唤夏日和煦

召唤日子安逸、自在和

恍惚、怅惘

在春天点亮的这一树又一树的花苞啊

是心中的一千盏灯

如今我从十六楼的阳台向下望去

那些嬉戏的孩子　在树影下

开了东一片　西一片　花苞一样

还是一样姿势的开放

雨，当所有人都已睡去

睡意随着阳光流走　凌晨两点一刻
穿拖鞋　头发散乱　舒服　疯子
天空散发着西瓜红色　在黑色的背景下
我想打着赤脚　在红色的夜空下看夜空
穿街走巷

出于清醒　目光在夜间变得
敏锐而洞彻
压抑斗升八尺　爆发疯长八尺
红色后的　焦虑隐隐　我看得见
就像照了镜子　总知道
自己是什么模样

闪电一个个往我怀里跳　往
河里跳　屋顶的瓦片击碎的

一颗颗珠花　是在哪一世

你　亲手为我插上

举起双臂　我是穿黑衣服的人

是黑夜的人　晃动出无措　和寂寞

晃动出雷雨的音符

如果　你在今夜无眠　这一切是我

在为你指挥　呵　乐章

雨水　香樟树　惨白的路灯光芒

如果还有的话　思念　我们也

一并算上

下雨了。雨很大。

两点半的短信上　我这样对你说

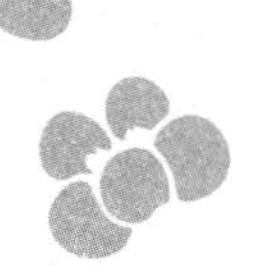

我这样对你说

没有任何回答　就像　面对这场雨

手与脸却只能　贴在玻璃上

蹭出　吱吱声响

风一吹　人就散了

这些年　岁月悉悉索索地走

仿佛瞬间沧海桑田

风很粗粝

粗粝的风从干涸的河道上

带走积年的土

粗粝的风把我的发绳忽然地

吹散开来

从两只羊角辫到一头披肩发的距离

就是成长的距离

时至今日　当我看到镜子

我依然会害怕

风一吹　人就散了

而迷雾太大

当我收到你的喜帖　我的闺蜜

我不知道该以怎样的表情

出现在你的婚礼

我知道　一旦面对你

将会像面对我自己一样陌生

行走着的小火焰

颤颤悠悠地　我的心

随着手中的灯笼　在荒芜的田野上

踽踽独行

比预想的还要早　我嗅到了你的踪迹

一切被打乱　脚步迷乱且不安

可是我魂牵梦绕的那双眼　却对我的到来

视而不见

像对那不能喘息的　一桌一椅

但你清楚地明白着　且怕着

我点燃的手中的这微弱火光　因了

不愿它灼伤你纤细的手　任它

在这田野上　磕磕绊绊

这相识的漠视　这寒齿的言语

一次又一次地　我仓皇出逃

一次又一次地　我在火光中　重鼓勇气

想起它映照着的　你暖人的面庞

白昼的光明从未被记忆抹掉

眼见残酷的时光与现实同谋　将你

拉入黑暗的深渊　为了你熟悉的笑容　我

将与这魔头相争

我手中的这团小爱火啊　它将重燃你那

鲜绿而清新的梦

但　那白昼也许只属于昨天　也许你

终被唤醒　而我这颗心却已随灯笼之火渐行渐远

行走在　我们已错过的时空

那团可爱的小爱火啊　也许只能在某个清晨

阳光疏忽的时刻　跳跃在我耳边　窃窃私语

宛如那天的白昼

依旧是　颤颤悠悠的　我的心

在大片绽放着的玫瑰田中　与你的笑容

九月的骨头软了下来

九月的骨头软了下来
不成风　不成雨　疏疏落落的却是一地
那座大钟不该那么高的　它的尖柱是冷的
冷得刺出了热的红　血　黏稠
恣开黏合在敦厚的云上　九月说
疼啊　疼

我站在那里不动　仰着头
学校的小片菜地上　种着青葱
我愿意离它们近一些　像是这样
不动　善良和清香　在疼痛的九月里
和着腥味儿　呆头呆脑地
往我怀里长　可惜我抱不住它们啦
可惜我抱了太多东西啦

没有新的旅途　无所谓期待和开始

圈养的河水摇摇摆摆　抹掉旧日　抹掉记忆

抹掉奔跑和呼喊　懒洋洋地　一切就平静了

再也没有什么渐次清晰起来

叶子将歌声打了个包裹

和九月落下的细碎的骨头

我捏起一个角儿　扔进河底作为埋葬

不用担心它们会慢慢发酵

不必期待它们会慢慢发酵

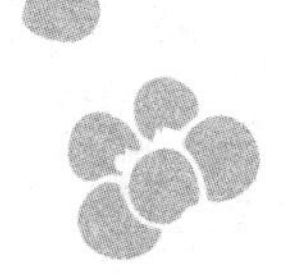

离开或是不曾离开

好像一直在出走　一年又一年

是真切的困苦　然后是活生生的幸福

沿途的喧嚣　被一只手塞进

我的左耳　我的左耳对我说着话　说着爱恨纠葛

我听着笑　笑着哭　哭着奔跑或是蜷缩

看着那些泪水流经我　有些绕过我

在叶片的边缘扩散开来　成长的气味

青春被阳光以柔软的形态　从柳树带到柳树

经过春的欣喜　夏的冲动　秋的茫然　冬的坚强

一个轮回的谛听　然后早已无所谓高潮结局

一条路的尽头　又是另一条路的开始

是啊　又要开始

十六岁第一束阳光　慌慌张张地

被派遣来　我和我喋喋不休的耳朵更加镇定
这最初的时刻就已认定
某时某地　我终是要掩耳盗铃

可是我的气息我的血脉我的灵魂的流向里
是小美人鱼的歌声　辛杜瑞拉的水晶鞋
是一双温柔的双眼　它们使我像草一样
自由地呼吸　童年蒂落的明澈　是一瓣瓣裂响
是这冬日里　依旧顽固绽放的野花中
花瓣编织的彩色的故事——

而那粉嫩的喜悦　馨香的花瓣雨
和飘曳的衣襟以及欢愉　在蒲公英一样堆积的梦中
四处飘散　在心中微小的角落中　暗自生根

就像谁的思念

于是终于　我从时间的密道飞奔而逃　童年

童年　那只鼓翼的风筝还在夕阳下　飞呀飞

不曾离开

可是　夕阳下它的飞翔

究竟是在挣扎着离开　还是挣扎着不离开呢

埋

那样淡定的不安　心和湖水

轻轻荡开隐秘的心事　一层又一层

小木船倾听了多少啊　一次次

陌生的黄昏　和陌生的故事

芦苇的唰唰声　是夕阳下湖面这张陈旧唱片的

咿咿呀呀

古老的故事　在缓慢的时光中　在我们的体内

返航

蜷缩着　绿色的棕色的荷叶

孤单柔弱几近夭折的苇秆　在漫溯的湖面和风中

仅仅为　诠释某种坚硬的声音

突然失聪　倒下　所有的苇全部倒下

寂静　打捞爱情和刻舟求剑　如此相像

重复上演　没有任何姿态

那么多的　那么多的爱情溺死在湖里

枯败　变色　疲惫肮脏的面容

断断续续的波纹　和无效的言语　遮掩着

曾经春色的暖阳　神色忧郁的废船

是比那更大的假象

从安静开始　从安静结束

笑容掉进湖里

所有的笑容都掉进湖里　没有扭曲和失声

我用白色的手绢埋葬它们　一个一个

突然怀念　阳光吻过的那些欢歌

氤氲成白色　一片一片抛洒

容颜和旧事是冲击的水流　被快艇留在身后

超越风的姿态

九点零七分　雪山中的黎明

床头灯下　寂寞深蓝如同扎染的布料

默默浸在黑色染缸之中　等待被缓缓取出

窗外　雪山淡蓝的白色显现轮廓

仿佛听见寒风以霜冻的羽翼　穿过

屹立千年的白桦

空气以及尘埃缓缓破裂于室内四周

一瞬间泪水盈眶　孤单是无可逃脱

这广袤无边的白色苍茫　寂静仍在暗暗地厚

追随一匹马的足迹深入雪地　我所走的不是路

这未经开垦　这一步一陷的迷途

此时我像一只瓷瓶　被风吹得呼呼作响

有着想要呐喊的冲动　和疼痛

单薄脆弱的声线自体内缓缓升起
如同雪花缠绕飘零　只生生地轻唱一句
雪便下遍了周身
冷　瞬时将时间与心　冰冻凝固

窸窣歌声抖动　自我脊背滑落
让所有的身份都被这空茫之风带走
我佯装一只黑色的鸟　一声啼鸣　坠入白色大地
这透骨的寒意　这直接　与清醒
这饱含了十九年的　打着霜花的泪珠
液体充溢着　三倍的痛苦　和游刃其中的
金线般　阳光缝纫的幸福

白色大地　我巨大白色天空无所阻拦

打开双臂　伸展我湛蓝的骨骼

所有的雪花都从地面上升　直到最后一颗

沾住我的鼻尖　我便纵横翱翔超越风的姿态

你所感到的所有　以为西伯利亚的嘶吼铺张

是　我的羽翼振翅而过

喀纳斯的指引

我有理由相信　这湖水最极致的纯粹
它们每一滴　都是雪花的化身
霜结的草依流动的雪畔　用茎管吮吸着黎明
树木和石头　只是树木和石头
暗自静默着　在这最原始的单纯与本真中
它们理应一无所指

喀纳斯　你遵从了黑脚神的神谕
向广袤浩热的沙漠讨还了一滴清泪
你每时每刻都在初生　只活于现在
但因为一个名字　你活了几千年
这些人类　辗转的岁月　其中
呼吸里锈渍的斑驳　手指间的污迹
由你冲刷携走　多么微不足道的一瞬

零下二十度仍不能阻拦你的奔波
舒展你　绿色的水蛇的肢体
顶冰花不能拽住你的脚步　珠芽花也不能
阿勒泰山脉　孕育你的母亲
未曾挽留　她教育你的　属于自然的
便是驰骋的自由　滑行般的疾走

我多么渴羡你流浪的姿态
人类的恐惧　用痛苦的幸福构建
一个根深蒂固的屋顶
因此我只能向你告别　我离开后
荒地上所有的枯草跟随着足迹　汇成
一条属于我的溪泉　这溪泉向你连接

当我在高楼林立间迷惘　喀纳斯

这溪泉映照着　你正映照着的明亮夜星

你以清透　以明星的指引告诉我

平静时　就接受周围的一切　复制它们

焦躁时　就扭曲眼前的世界　揉碎它们

而作为一条悠长曲折的河流　或者人

这总是同时存在的

夜晚，雪山之上

天蓝酝酿了整个白日的酒　将阿勒泰的夜
酿成寂蓝　这醇香浓厚　迷醉了山间的空气
所过之处　酒香　将白得耀眼的积雪
尽数醉染成蓝

我的足迹带领月光　银白色　唯一的清醒
这通透的眼睛饱含悲伤与苍凉
天与地全部的孤独　无法铺展
黑色　仍在暗暗加深
我想诉说体内寂寞的比喻　却终究
被虚无所淹没
血液喀纳斯河一般幽蓝着　在夜幕下的雪山
在我的体内　奔涌冲撞　可是
我的布尔津河　我的额尔齐斯河　我的北冰洋啊
它们尚面目模糊　方位不明

这图瓦村落　小木屋上有炊烟飘然

黄色灯光　打开一扇窗的方正规整

无形的温馨　一匹黑马淋漓着湿漉漉的鬃毛

独自　隐没在巨大夜色之中

篱笆和雪都是寂静的　它们无法代它诉说

就连　它盈满寂寞液体的眼睛　那巨大的哀伤

也不能

此刻　黑马离我最近

西北边陲　寒风穿行雪之村落

葡萄和弹唱僵硬成黑　深入泥土

树根　是沉默干裂的嘴唇

此刻　只有楚吾尔　那三孔植物的低吟呜咽

使树枝使天空使所有——

沧桑疲惫的老灵魂　一阵阵颤巍抖簌

乌鸦　黑雨滴一样掉落下来

夜寻，于铜铃山

掠过夜空的风真的有些凉　入秋了

叶片梭梭地碎语　夏虫单调地低鸣

溶解于黑色　而我也一样

天上的星真亮啊

我离地面那么远了　却依然与天空

隔着遥远的距离

草木让整座山自如地呼吸

时光被遗漏　与记忆遥遥相望

我意图以候鸟的姿态掠过你微漾着的眼眸

铜铃山　我如此行色匆匆

只为寻找　一句忘却了的话

月光安静　用吻捕捉细微的话语

饮酒　过桥　深入山林

我沿途播种窗子、长风和逃脱

抖落苍白石膏的碎片　伸展渐绿的骨骼

铜铃山　请唤醒我　用你清凉的水的话语

让我复苏　用你碧绿的草木的生机勃勃

我来时　郁郁前行

耸一耸肩膀　无数星星就抖落在地

来不及知道它们叫什么名字

此时我呼吸如茶　所有的路都在两边让开

北斗星注入身体　成为脊梁骨

第五辑 暖色调

静过风铃

靠一只硕大水罐的清净过日子
在每扇风穿过的门前　被春天的呼吸　染绿
我的锁骨叮玲清脆　静过风铃
四只浆果生于发丝　青绿　有新生的酸涩

将去年、前年　或是更久以前的衣服
涤荡以蓝色和清透
上面那些　被戾气摩擦的日子　就让河流带走
充满水声的双瞳　隔开时光　和其中的记忆
但路　一直在路上走着

要相信　荒瘠的缺口之后　会有草甸涌出
如同翻过折多山后　新都桥美景的等待
土石的粗粝之后　青梗与野花不远
润泽与宁静不远　日出而作　日入而息不远

因此　跋涉不远

和孩子们一起醉心于晨光　用知觉感受世界

像用手　握住一块　被太阳烤暖的石头

如果肥皂泡在阳光下七彩斑斓

就微笑　欣赏它的熠熠生辉

如果夜之黑一滴滴渗出

就安静　挖掘火种　从自己的体内

火把指引你走向光明

那光明由你自己构成

日子渐暖了

日子渐暖了

真好,你说　因为我最怕冷了

周日　北京暴雪

昏沉沉的天　白色飘飘扬扬

压着昏黄　你教我画陶罐　一张又一张

傍晚了　雪还没停　已是一天

蓝色港湾还是世贸天阶　你说

公交车上我们靠在一起

一次次睡着　一次次醒来　跳下车

在前不着村后不着店的一站

没有商场　没有超市　没有商店

只是孤零零的一个站牌

你拉紧我的手顶风找换乘站　一步一陷

你搂紧我　把手放在我脸一侧　挡着风

围着你送的围巾　很红　很暖

天幕映着宝石蓝　海底世界的景观

雪仍在飘扬　轻轻的

我如此安全　幸福　和温暖

一路的暴雪之旅　也许　只为这一刻

十月初秋

我知道　昨夜的露水一定酿成了酒
珍珠们站好队伍　沿根根蛛网行走
于同一条队列　初秋的水边　十月
我和你听落叶簌簌　第一声
南迁经过的大雁低鸣　扼死了夏天

阴影聚合惊散的碎语　树叶的碎语
大片的草依旧生长　冷露中的眉睫
用手指摩挲树皮那粗糙朴实沉厚
成千上万片新鲜的干枯的清新的遒劲的
植物气味　有真实的声响　凝结
我的发丝蕴藏起姣美的寂寞
某一瞬　我可曾也是一株植物?

只是这样安静地兀自地低吟低语啊

碎碎念着　被风带走的是轻盈的欢愉
埋入泥土的是淡薄的忧郁　再次
植入体内　是这样安静的姿态　淡淡的
忧伤与从容　叹口气来那清风经过你
寂静的耳畔　今晚　今晚我便如此
清潜入你的梦中

请交给我你秋天气味的手指交给我
你醉心于明净空气的影子　和
林间池潭一般的目光　我是十月之水
幽潜入你体内　流淌过你的血管
慢慢　慢慢地　改变着你指纹的流向

随风而去

在四方规矩的小广场　休憩的头发

钻满风　摇摆成波澜壮阔　摇摆成浓密茂盛

像一枝枝潮湿阴郁的灰绿

不设防的夜　被轻轻撩开缝隙　被记忆攻破

你的眼中盈满寂静　安定　和微微的恐惧

风越过你曾经的笑声　在

失眠已久的　你的睫毛上　燃烧

空气被檀香堵塞　佛塔金色的大手般的

灯光　抚静了小城中　所有的喘息

包括　凌晨你突然醒来时　睁开眼的

黑暗　孤独　恐惧　和莫名的啜泣

亲爱的　你看　我们还是可以享有

包容和慈爱　让我们厚重　厚重得

足以裹住那些

眼泪塑成的　单薄易碎

覆盖给我们星空　星空上坠着的叮玲作响的

梦想　淹没住那些

深陷的病痛与忧伤

疲惫而安静　你熟睡　轻轻地呼吸

成长中所有的罪恶和扭曲　在夜的密发中

结痂成影子　砸入土地　坚硬成石

此时我们抛弃了它们　扔掉坚硬与寒凉

我们轻盈成柔荑上的灰烬　随风而去

空前绝后　不留声响

买老北京瓷瓶酸奶

午后　在门口的小卖部

买老北京瓷瓶酸奶

有老外乘胡同儿游的三轮车经过

向我招手　我也微笑招手

有时我会想　我是否也已成为

他们眼中风景的一部分

一个住在胡同儿里的小女孩

趿着拖鞋　抱着老酸奶一晃而过

就是这样一幕镜头　有着

老北京的市井生活气

但他们不会想到

我并没有北京户口

尽管这酸奶是我

从小喝到大的味道

就在那个微醺的夏天

就在那个微醺的夏天

所有的一切都退场

凉凉的雪水般　你的指尖

“走”　写在我的手心上

浑浊闷热　黑夜

你拽着我的手跑过

将脚掌　从滚烫的柏油　放在

湿凉的石板上

有一份蓝天　一份清风

一份朝露与清晨

从清晨跑来的我　睫毛上已沾满花粉

是你最轻的吻

有一个门口

早晨　阳光照在花草与板凳上

我们只轻轻靠着　不说话

或者不受干涉地说话

门总是轻易地就晒熟了

就像我们的脸颊

我像野花一样地撒满河边　傍晚

太阳已经下山　而向日葵还是明亮的

把我们的梦　一个个　藏在黑色的壳里

那样饱满　密密麻麻

我们一颗颗地数着　一边想着

它们的生日

却无所谓会不会长大

冬日，夜

也许雪　带来了宁静

而此时我却想到了篝火

那迸裂的声音　噼噼啪啪地

让我的心里不安　像是引燃了某一支

干燥的导火索

空旷的马路上　汽车碾过些许声音

路灯的梦似乎也被碾得

支离破碎　夜空中

一双双渴睡的眼在被风刺痛

星子消失在微弱的祈祷声中

街道和水使城市安静下来

阴影大块大块地渍染着

楼顶　路面

还有我的心

思念同阴影一同蔓延　像一只爬藤的某个小叶片

此时　我需要你在身边

我们一同沉默　也许背景是个大壁炉

书架　或是其他什么

我只想你握紧我的手　但请不要一惊一乍地问我

它为什么那么凉

墙角的猫儿在睡梦中翻了个身

我趴在窗边　轻轻踮起脚尖

书签在我的手中划出一个完美的弧度

有风　不同于忧伤的感情

诗一般在我的心底滋长

那是新绿　风中的书签带走的

是海的咸味　和你的名字

天　微亮

躺在北京的雨夜

连续几夜　与这巨大城市一同

躺在雨里

没有活动的身体　齿轮仍在运转

隔着玻璃与楼板的声音　像是

接不到信号的电视　让人一刹那

想起童年　一片升腾不断的

黑白雪花　在之后

因为饥饿　我辗转难免

我吃下太多东西　却未曾消化　就像

吞进冰冷的钢铁　我仍

营养不良而骨骼疼痛

怀念一片玉米地和玉米面　阳光下

轻易地满足

就像植物进行光合作用

但我是在黑夜

是在一小格窗里——

无数的小格子　密密麻麻　在这里

那些亮着的暗着的　我不知

有多少无法入睡在其中

躺在雨里　浑身湿透

终于安静　黑暗中

汽车停了　地铁停了

流动的交谈与烦躁　随着人群

也停了

站在企划书和发言稿上　闹钟

吧嗒吧嗒　与雨水一唱一和

总是要重新开始

没有人在第二天早晨

还会是湿的

流浪

我蓄谋已久　每每感到重复日子的单调
感到生命以溪流平缓的姿态流逝
——纵使循环重复使它显得缓慢
然而时间并不多　时间不多了

腐烂的泥土囤积阻隔　是大地的滥觞
水洼　池塘
多少水滴和白云愿在此驻下脚步
将它作为堡垒　停留　然后安心地缓流
或者飘荡　方寸之间

如果你和我一样　注意到眼中一闪即过的鸟儿
并为之悸动　那么你是否也望见了天涯
你说周边的植物是静默的
然而我说它们的种子　都在风中流浪

去嗅嗅香飘四野的花瓣

怎样的露水　唤醒了踏寻美好的愿望

那是你忘却了的远方

对自由的向往

对妈妈说

想象有一天

你带着我去放风筝

手中牵着属于我们的幸福

想象有一天

你和我一起去钓鱼

我们点起篝火　用罐头盒

做汤碗　那里面盛着的满满的

一定不仅是鱼汤

你说　你幼时采过蘑菇

妈妈　让我们一起做一回

采蘑菇的小姑娘　披着晨光的长袍

带着星星的王冠　一起拿着小镰刀

去采摘　爱和快乐

当我们挎着小篮子

谈笑着回家时

爸爸一定　站在路口

年关

豆浆机里有煮沸的香气
桌子上你为我准备好了杯子　爸爸
临近年关　我拖着行李箱和
因为拉行李箱而劈了的指甲　哆哆嗦嗦地
站在你面前　说　真冷呀

哪里的冬天都一样　一样的
寒风凛冽　萧条清肃　侵入肌骨
唯独这里的冬天不一样
那亮着的灯　案板上切好的菜　和
你们准备好的拥抱　都是为着我的
这里的冬天是暖的　对于我
是心底的　恒久亮着的　橘色的灯

看着满是雾气的窗子

我知道　我终于回到温暖

年少的我　正躲在旧相框里　透过

以年来命名的时光　看着我

看我喝掉杯子里热气腾腾的豆浆

看我　又要过去一个年

又慢慢成长了一岁

而现在的我　将会和她一样

成为定格的画面　留在岁月里

黑暗中看老电影

想看一场老电影
顺着记忆的铁轨往回走

不需要现代化的影院
不需要 3D 的眼镜
不需要爆米花的香气和欢快喧嚣的人群
只有屏幕投射的光　光线中传递的思绪
和我　混浊的双眼终于恢复干净的颜色
是的　没有那许多的颜色

呼吸里的沙　手指间的渍
疏落落从光线中抖开　悬浮　慢慢沉淀
黑暗中　我听见谨小慎微的风
来来往往　那许多人　背着那许多
熟悉的身影

而我已厌倦

而我已厌倦

我只是在黑暗中看着影子穿梭

不悲不喜　不骄不躁

那风的瑟缩　已不足以再将我的心

吹得紧　又吹瘦

那些婆娑着的隐约的疼痛

只是在背影里　而我没入黑暗

现在　我要睡在这黑暗里

等着影片在眼前失去画面　等着老

等着火车在最后的一瞬间驶来

车头灯探明额头　背影

而我　闭上双眼